Ce livre est imprimé sur un papier sans chlore
et résistant au vieillissement,
fabriqué selon un usage responsable de la forêt.

Si vous désirez recevoir gratuitement notre catalogue
et être régulièrement informé de nos nouveautés,
n'hésitez pas à envoyer vos coordonnées à :

L'ARCHE *Éditeur*
86, rue Bonaparte
75006 Paris
newsletter@arche-editeur.com

Et si avant la vie, il y avait déjà quelque chose ? C'est la voix de Bouli, en boule dans le ventre de Mama Binocla, qui se pose déjà tout un tas de questions sur ce qui l'attend à l'extérieur. Ce nouvel épisode nous emmène jusqu'à l'épicentre où tout commence, avant même la naissance du héros.

Fabrice Melquiot a publié une trentaine de pièces de théâtre à L'Arche, et a reçu en 2008 le Prix du jeune théâtre Béatrix Dussane-André Roussin de l'Académie Française, pour l'ensemble de son œuvre dramatique.

Bouli Année Zéro

ISBN : 978-2-85181-729-7

86, rue Bonaparte, 75006 Paris

Conception graphique de la couverture :
Susanne Gerhards

Fabrice Melquiot

Bouli Année Zéro

Ouvrage publié avec le concours
du Centre national du livre

THÉÂTRE JEUNESSE

L'Arche

Personnages

Bouli Miro
Petula Clark
Mama Binocla
Daddi Rotondo
Jean-Michel Clark
Marie-Jeanne Clark
Berthe la Folle
Günther

Dans la véranda qui donne sur le jardin.
Un gros type et sa femme bigleuse.
Il a un appareil photo autour du cou ; elle agite un truc au bout de ses doigts.

ANGELINE BINOCLA.
Pilou ! Mon Pilou. Pilou –

PILOU ROTONDO.
Chut.

ANGELINE BINOCLA.
Pilou –

PILOU ROTONDO.
Angeline, tais-toi.

Silence.

ANGELINE BINOCLA.
Mais Pilou –

PILOU ROTONDO.
L'oiseau, Angeline. Il est revenu. Sous le prunier, regarde. C'est la nature.

ANGELINE BINOCLA.
Il faut que je te parle, Pilou.

PILOU ROTONDO.
Il faut que je l'immortalise, Angeline. J'ai attendu d'avoir trente ans pour rendre des choses immortelles.

ANGELINE BINOCLA.
Pilou –

Pilou Rotondo.

C'est une buse.

Angeline Binocla.

Pilou écoute-moi Pilou, c'est important Pilou, Pilou arrête de mitrailler ce moineau Pilou, c'est un moineau.

Pilou Rotondo.

Tu n'y connais rien aux oiseaux, et puis tu es myope comme une taupe. Une taupe ne sait pas reconnaître une buse ; elle en a peur.

Angeline Binocla.

J'attends un bébé.

Pilou Rotondo.

Oh elles sont deux. Angeline, elles sont deux.

Angeline Binocla.

Moi aussi, Pilou.

Pilou Rotondo.

Ils vont parler de nous dans *Le Dauphiné Libéré*. Ce n'est pas tous les jours qu'on aperçoit un couple de buses.

Angeline Binocla.

Tu parles de nous ou des oiseaux ?

Pilou Rotondo.

Chut !

Angeline Binocla.

Aaaaaaaaaaahhhhhhhhhhhhh !

Les oiseaux s'envolent.

PILOU ROTONDO.

Angeline, qu'est-ce qui t'a pris, Angeline ? Les oiseaux –

ANGELINE BINOCLA.

J'attends un bébé, Pilou Rotondo.

Silence.
Et puis Pilou Rotondo va faire un tour dehors.

Qu'est-ce que tu fais, Pilou ? Pilou, tu vas où !

PILOU ROTONDO.

Je sors la tondeuse.

ANGELINE BINOCLA.

Je le vois bien que tu sors la tondeuse. Pourquoi tu sors la tondeuse ?

PILOU ROTONDO.

L'herbe.

Moteur.

ANGELINE BINOCLA.

Je t'annonce que j'attends un enfant et toi tu passes la tondeuse.

Moteur.

Ça va ?

PILOU ROTONDO.

Je tonds.

ANGELINE BINOCLA.

C'est ça, c'est bien.

Moteur.

Je vais aller préparer la bouffe. Pilou ? Pilou !

PILOU ROTONDO.

Ça y est. Je la vois défiler, ma vie. Ma vie de garçon, elle défile. Je revois tout : mes petites voitures Majorette, ma rougeole et ma scarlatine, la pêche aux ablettes dans le Canal de Savières, mon entrée en sixième dans un collège bourré d'amiante, mon premier bisou sur la bouche de Georgette Latronche ; elle avait un nom à coucher dehors, mais qu'est-ce qu'elle était belle.

ANGELINE BINOCLA.

Depuis quand tu vas mourir ?

PILOU ROTONDO.

Depuis que tu agites un test de grossesse sous mon nez en répétant : j'attends un bébé, Pilou, j'attends un bébé, Pilou, j'attends un bébé, j'attends un bébé. On dirait un robot.

ANGELINE BINOCLA.

Je m'en vais.

PILOU ROTONDO.

Comment ça tu t'en vas ?

ANGELINE BINOCLA.

Tu es un monstre.

PILOU ROTONDO.

Tu ne vas pas sortir enceinte jusqu'aux dents !

ANGELINE BINOCLA.

C'est le premier mois, Pilou. Il a de la marge, le bébé, avant de me remonter dans les dents.

PILOU ROTONDO.

Tu ne vas pas te vanter dans tout le quartier d'avoir câliné.

ANGELINE BINOCLA.

Pourquoi ? C'est interdit de câliner ?

PILOU ROTONDO.

Ça nous regarde. C'est personnel, la câlinerie. Ta mère va être contente d'apprendre qu'on câline, tiens.

ANGELINE BINOCLA.

Pilou, on est ensemble depuis cinq ans. Tu as peur de quoi ?

PILOU ROTONDO.

On ne voyagera plus.

ANGELINE BINOCLA.

Tu détestes les voyages.

PILOU ROTONDO.

Parce qu'on n'en fait pas ! Je ne déteste pas les voyages. Je déteste laisser les autres les faire à ma place.

ANGELINE BINOCLA.

C'est un bébé, Pilou, pas un boulet.

PILOU ROTONDO.

On n'oppose pas deux synonymes, Angeline. C'est comme dire : petit *mais* pas grand. Bébé égale boulet. Où tu vas ? Angeline, reviens. Je suis heureux, Angeline.

ANGELINE BINOCLA.
Pardon ?

PILOU ROTONDO.
C'est beaucoup de bonheur.

ANGELINE BINOCLA.
Je parie que dans ton dico, le mot *bonheur* est synonyme de *catastrophe nucléaire.*

PILOU ROTONDO.
Angeline, au fond ce que je veux dire c'est que c'est vrai que c'est pas faux que c'est quand même vraiment assez formidable.

ANGELINE BINOCLA.
Formidable depuis quand ?

PILOU ROTONDO.
Depuis que je sais que je n'irai plus jamais boire des coups avec les copains.

ANGELINE BINOCLA.
Quels copains ?

PILOU ROTONDO.
Ceux que je me serais fait si je n'avais pas eu un gosse à torcher tous les soirs.

ANGELINE BINOCLA.
Je croyais que tu étais d'accord pour qu'on ait un enfant, Pilou.

PILOU ROTONDO.
Bien sûr que j'étais d'accord.

ANGELINE BINOCLA.
Alors ?

PILOU ROTONDO.

Je suis bouleversé.

ANGELINE BINOCLA.

Moi aussi, je suis bouleversée.

PILOU ROTONDO.

Oui mais toi c'est normal, tu vas prendre quarante kilos en neuf mois. Y'a de quoi être chamboulée.

ANGELINE BINOCLA.

C'est la nature, c'est beau, c'est généreux.

PILOU ROTONDO.

Je pèse cent trente-trois kilos, Angeline. Parfois, j'en veux à la nature.

ANGELINE BINOCLA.

Tu vas être Daddi.

PILOU ROTONDO.

Daddi.

ANGELINE BINOCLA.

Je vais être Mama.

PILOU ROTONDO.

Daddi Rotondo.

ANGELINE BINOCLA.

Mama Binocla.

PILOU ROTONDO.

Tu vas perdre ton emploi.

ANGELINE BINOCLA.

Il faudrait d'abord que j'en trouve un.

PILOU ROTONDO.

Il faut que j'immortalise cet instant. Lève la main, là, lève-la, c'est ça, le truc là, le test de grossesse, lève-le, qu'on le voie bien. Plus haut.

ANGELINE BINOCLA.

Comme ça, c'est bien ?

PILOU ROTONDO.

Est-ce que c'est fiable, au moins, ces tests ? Non, parce que maintenant que je me suis fait à l'idée, il ne faudrait pas que ça rate. Cheese !

ANGELINE BINOCLA.

Cheese !

PILOU ROTONDO.

Le petit oiseau va sortir !

ANGELINE BINOCLA.

Oui ben pas tout de suite, je n'ai pas envie d'élever un têtard, moi.

PILOU ROTONDO.

Angeline –

ANGELINE BINOCLA.

Quoi ?

PILOU ROTONDO.

Un rhinocéros, Angeline – il y a un rhinocéros dans le jardin.

ANGELINE BINOCLA.

Un rhinocéros. Mais qu'est-ce que tu – Oh mon dieu, un rhinocéros ! J'ai un rhinocéros dans mes salades ! Pilou, fais quelque chose !

PILOU ROTONDO.

Ça, c'est Berthe. Berthe est revenue, Angeline. Tu es enceinte et Berthe est revenue. La vie et la mort. Tout est là.

Pilou Rotondo va pour prendre l'animal en photo.

ANGELINE BINOCLA.

Mais qu'est-ce que tu fais ? Qu'est-ce que tu dis ? Berthe est revenue. Tu – mais qu'est-ce que tu – mais Pilou, tu ne vas quand même pas prendre ce rhinocéros en photo ! Tu es chez toi, Pilou, dans ta maison, tu n'es pas en safari dans la savane. Pilou, c'est un rhinocéros, il a deux cornes et il bave. Je ne veux pas que Berthe soit revenue.

PILOU ROTONDO.

Elle est revenue. Elle a rapporté un rhinocéros.

ANGELINE BINOCLA.

Tue-le.

PILOU ROTONDO.

Quoi ?

ANGELINE BINOCLA.

Prends la tapette à mouches, va le tuer.

PILOU ROTONDO.

Avec la tapette à mouches ?

ANGELINE BINOCLA.

Pour commencer. Tu le finiras à la tronçonneuse.

BERTHE LA FOLLE.

Rotondooooo ! Binoclaaaaa !

PILOU ROTONDO.
Berthe.

ANGELINA ROTONDO.
Berthe la Folle.

PILOU ROTONDO.
Appelle la police.

BERTHE LA FOLLE.
Binoclaaaaa !

ANGELINE BINOCLA.
C'est notre bébé, Pilou. Elle va nous le prendre, elle va nous le voler, elle va nous le manger tout cru avec ses grandes dents de Berthe. Pilou, empêche-la.

PILOU ROTONDO.
C'est la voisine, Angeline. Je ne peux pas tuer la voisine.

ANGELINE BINOCLA.
C'est peut-être la voisine, mais c'est surtout Berthe.

PILOU ROTONDO.
Elle était en voyage.

ANGELINE BINOCLA.
Elle était loin.

PILOU ROTONDO.
On était bien.

ANGELINE BINOCLA.
On s'aimait comme des lapins.

PILOU ROTONDO.
Elle est revenue.

ANGELINE BINOCLA.
On est fichus.

Berthe la Folle est revenue
(chanson)

Elle était en rendez-vous
Avec le diable
À tous les coups
Elle préparait des entourloupes
Des tours pendables
Gare au loup !
Il va en prendre plein les dents
Gare au loup !
Soyez prudents !
Berthe la Folle est plus méchante
Que les méchants

Berthe la Folle est revenue
Berthe la Folle est revenue
On est fichus
On est fichus

Elle a soigné ses verrues
Mais pas son gros menton poilu
Elle a vendu son chien qui pue
Mais s'est offert
Pour son anniversaire
Un rhinocéros
Centenaire

Berthe la Folle elle est féroce
Berthe la Folle elle est féroce

Berthe la Folle est revenue
Berthe la Folle est revenue
On est fichus
On est fichus

BERTHE LA FOLLE.
Binoclaaaaa ! C'est moi ! C'est la voisine.

ANGELINE BINOCLA.
Berthe ?

BERTHE LA FOLLE.
Ben oui Berthe évidemment que c'est Berthe.

ANGELINE BINOCLA.
Vous êtes revenue ?

BERTHE LA FOLLE.
J'étais chez mon fils. Le grand. Il travaille à Thoiry, vous savez Thoiry. Il m'a offert ça. Le rhinocéros. Il est bête, mon grand. Il fait des blagues, comme ça. Moi, je voulais une tortue. Mais un cadeau, ça doit rester une surprise. Je voulais vous prévenir. Il n'obéit pas toujours. Il a été élevé dans un zoo allemand.

PILOU ROTONDO.
C'est un rhinocéros allemand ?

BERTHE LA FOLLE.
Oui enfin non, vous voyez bien.

ANGELINE BINOCLA.
Allez-vous en, on attend un bébé.

PILOU ROTONDO.

Mais tu es folle, Angeline, pourquoi tu –

BERTHE LA FOLLE.

Un bébé ? Quelle bonne nouvelle. Pourquoi vous n'ouvrez pas ?

ANGELINE BINOCLA.

C'est plus fort que moi. J'ai besoin de l'annoncer. Même à Berthe.

PILOU ROTONDO.

Angeline est malade. Elle vomit beaucoup. C'est le premier mois. Le premier mois, c'est le mois du vomi. Alors on n'ouvre à personne.

BERTHE LA FOLLE.

Je file vous tricoter une petite brassière. À plus tard.

PILOU ROTONDO.

C'est sûrement une brassière empoisonnée.

ANGELINE BINOCLA.

Une brassière cloutée.

PILOU ROTONDO.

Une brassière qui gratte jusqu'au sang.

ANGELINE BINOCLA.

Elle est partie.

PILOU ROTONDO.

Le rhinocéros est toujours là.

BERTHE LA FOLLE.

Ah j'oubliais –

PILOU ROTONDO.
Elle est revenue.

ANGELINE BINOCLA.
Berthe est revenue.

BERTHE LA FOLLE.
Il s'appelle Günther. Si vous l'approchez, dites-lui : *sehr gut, mein kleiner Günther.* Et ne touchez pas ses cornes, il a horreur de ça. C'est comme les chats avec leurs moustaches.

PILOU ROTONDO.
Elle est partie.

Angeline Binocla court aux toilettes.

Angeline ?

ANGELINE BINOCLA.
Tu as parlé de vomi, ça m'a donné envie.

PILOU ROTONDO.
Je suis désolé, mon amour.

ANGELINE BINOCLA.
Nous sommes heureux, n'est-ce pas, Pilou ?

PILOU ROTONDO.
Nous sommes heureux.

Angeline Binocla vomit.

Le monde est plein de dangers, Angeline.

Angeline Binocla vomit.

Mais je suis là.

Angeline Binocla vomit.

Et tu es là.

Angeline Binocla vomit.

Bientôt nous serons trois.

ANGELINE BINOCLA.

Vivement le deuxième mois. Il paraît qu'après, ça s'arrange.

BERTHE LA FOLLE.

J'ai tricoté la brassière pour la petite.

PILOU ROTONDO.

Berthe est revenue.

ANGELINE BINOCLA.

On est plus forts qu'elle, Pilou.

PILOU ROTONDO.

Mais elle a un rhinocéros.

ANGELINE BINOCLA.

De quelle petite elle parle ?

BERTHE LA FOLLE.

Angeline ? Pilou ? Je les entends, vos messes basses.

ANGELINE BINOCLA.

Vous avez déjà fini ?

BERTHE LA FOLLE.

Ce sera une fille. Je le sens. Je ne me trompe jamais. Une jolie petite fille. Vous verrez. Je la pose sur le paillasson ?

PILOU ROTONDO.
Qui ça ?

BERTHE LA FOLLE.
La brassière.

ANGELINE BINOCLA.
Elle a tricoté une brassière pour la petite. Va ouvrir, Pilou. Ça ne se fait pas.

PILOU ROTONDO.
La dernière fois qu'on a ouvert, elle a mangé toutes les olives.

ANGELINE BINOCLA.
Avec les noyaux.

PILOU ROTONDO.
C'est fou.

ANGELINE BINOCLA.
C'est Berthe.

PILOU ROTONDO.
Je lui ouvre ?

BERTHE LA FOLLE.
Je m'en vais.

ANGELINE BINOCLA.
On est des gens normaux, tout de même.

Pilou Rotondo va ouvrir à Berthe la Folle.

PILOU ROTONDO.
Bonjour Berthe.

BERTHE LA FOLLE.

Ouh qu'il est pâle. Ouh elle a régurgité. Ouh ça sent.

ANGELINE BINOCLA.

C'est les débuts.

BERTHE LA FOLLE.

Il ne faut pas rougir de porter la vie en soi. C'est une chose naturelle quand on porte la vie en soi de commencer par la vomir.

PILOU ROTONDO.

Je ne vois pas où vous voulez en venir, Berthe.

BERTHE LA FOLLE.

Ouh c'est une fille. Ouh c'est sûr. Ouh elle va ressembler à Pilou.

PILOU ROTONDO.

À moi ? Vous croyez ?

BERTHE LA FOLLE.

Ce sera une grosse fille.

ANGELINE BINOCLA.

Grosse comment ?

PILOU ROTONDO.

Dodue, vous voulez dire ?

BERTHE LA FOLLE.

Ouh plus que dodue. Grosse.

ANGELINE BINOCLA.

Je sens que j'ai pris du poids quand j'étais aux toilettes. Je me suis vidée, pourtant j'ai grossi.

BERTHE LA FOLLE.

C'est la vie qui entre, Angeline. Tu n'as pas fini, ma pauvre.

ANGELINE BINOCLA.

La vie ? Ah bon elle entre ah bon. Je suis ouverte à ce point.

BOULI MIRO.

Où suis-je ? Il fait noir là-dedans, on dirait une cave. Est-ce qu'il y a quelqu'un ? Répondez ! Ohé ! C'est moi. Je m'appelle – C'est moi, c'est tout. Pour l'instant, on dirait que je ne suis rien. *Rien*, c'est *moi*. Pourquoi je parle si je ne suis rien ? Est-ce que je parle ? Qu'est-ce que ça veut dire *parler* ? Est-ce que vous êtes des terroristes ? Pourquoi je connais le mot *terroriste* alors que je ne suis pas encore *quelque chose* ? Est-ce qu'on m'a kidnappé ? Qu'est-ce que ça veut dire *kidnappé* ? Je parle sans savoir parler. Pourquoi ? Comment ? À qui ? Et vous ? Vous êtes qui, vous ? Répondez ! Je me sens seul. Je suis seul. Je suis tout seul, au fond de ma cave.

Berthe la Folle a disparu.
Angeline Binocla et Pilou Rotondo sont passés dans leur chambre.

PILOU ROTONDO.

Tu n'as rien entendu ?

ANGELINE BINOCLA.

Quoi ?

PILOU ROTONDO.

Une voix.

ANGELINE BINOCLA.
Toi aussi.

PILOU ROTONDO.
Tu crois que c'est Berthe ?

ANGELINE BINOCLA.
C'est Günther.

BOULI MIRO.
Je mesure quatre millimètres.

PILOU ROTONDO.
Est-ce qu'on est censés entendre des voix le deuxième mois ?

BOULI MIRO.
Quatre millimètres. C'est la honte.

Le téléphone sonne.
C'est Berthe.

PILOU ROTONDO.
Rotondo, j'écoute.

BERTHE LA FOLLE.
Rotondo, Berthe.

PILOU ROTONDO.
C'est Berthe.

ANGELINE BINOCLA.
Dis-lui qu'on n'est pas là.

PILOU ROTONDO.
Eh non je n'écoute pas puisque je ne suis pas là ni ma femme non plus qui est enceinte et déjà couchée à l'heure qu'il est eh oui c'est une

bonne vieille blague de messagerie vous pouvez laisser votre message après le bip –

BERTHE LA FOLLE.

Allo Rotondo ? Binocla, allo ? C'est la messagerie ? C'est Berthe. Je voulais savoir si le petit coquillage prenait de l'ampleur. Il faut que le petit coquillage prenne de l'ampleur, Angeline. Au cas où, je suis là.

ANGELINE BINOCLA.

De quel coquillage elle parle ?

PILOU ROTONDO.

Ton petit coquillage, le tien.

ANGELINE BINOCLA.

Ça veut dire quoi, Pilou : au cas où, je suis là ? Si le coquillage ne prend pas de l'ampleur, qu'est-ce qu'elle fait, elle m'envoie les flics ?

PILOU ROTONDO.

Calme-toi, Angeline.

Angeline s'écroule.

Angeline ! Angeline ! Les pompiers ! Appelez les pompiers ! Mon amour ! Au secours ! Berthe ! Günther ! Jésus ! Marie ! Joseph ! Y'a personne dans ce patelin ! Angeline, réveille-toi, Angeline ! Ne me quitte pas. Nous avons encore beaucoup à faire, Angeline ! Je ne sais pas cuisiner, Angeline, je ne sais pas faire le lit, je ne sais pas passer l'aspirateur – Tu as encore beaucoup de choses à faire, Angeline !

ANGELINE BINOCLA.

Pilou –

PILOU ROTONDO.

Mon amour, tu es vivante.

ANGELINE BINOCLA.

J'ai eu un de ces coups de barre, moi. Ça va mieux, j'ai dormi.

PILOU ROTONDO.

Chérie, tu baves.

ANGELINE BINOCLA.

Je ne bave pas, je salive.

PILOU ROTONDO.

Pourquoi tu baves ?

ANGELINE BINOCLA.

Je bave parce que je salive. Ça arrive, le deuxième mois.

PILOU ROTONDO.

Tu salives comme un bouledogue.

ANGELINE ROTONDO.

Ça arrive à toutes les femmes. Prépare-moi une tisane, j'ai envie d'une tisane.

PILOU ROTONDO.

J'ai peur des bouledogues.

ANGELINE BINOCLA.

À la sauge et à la violette.

PILOU ROTONDO.

On a ça, nous ?

ANGELINE BINOCLA.

Eh non.

PILOU ROTONDO.

Comment je fais pour te trouver de la tisane à la sauge et à la violette ?

ANGELINE BINOCLA.

Tu vas faire un tour à la pharmacie.

PILOU ROTONDO.

Mais il va faire nuit.

ANGELINE BINOCLA.

Si c'est fermé tu pousses jusqu'à la campagne. Trouve-moi de la sauge et des violettes.

Le téléphone sonne.

Laisse sonner, à tous les coups c'est Berthe. Et puis, tu es pressé. File. Mon héros.

BOULI MIRO.

En fait, je crois que je suis tout seul au fond de ma mère. Je n'ai pas vraiment d'yeux pour voir ce monsieur qu'il faut que j'apprenne à appeler Daddi, ce monsieur qui s'en va chercher de la tisane pour cette dame qu'il faut que j'apprenne à appeler Mama. Je n'ai pas vraiment d'oreilles pour entendre tout ça. Je suis un tout petit machin, une graine en train de germer. Je suis grand comme une crotte de nez. Une grosse crotte de nez. C'est archi la honte.

ANGELINE BINOCLA, *très vite.*

Allo ? Ah salut Jean-Michel. Comment ça va bien

bon ben je crois qu'il est temps que je vous l'annonce à Marie-Jeanne et toi eh oui bon ben je suis enceinte quoi eh oui c'est une grande nouvelle bon ben allez je te laisse Jean-Mi j'ai un double appel.

BOULI MIRO.

Mama ? Pourquoi c'est toi, ma Mama ? Pourquoi pas une autre ? Pourquoi spécialement toi ? Qu'est-ce que ça veut dire ?

ANGELINE BINOCLA, *même jeu.*

Allo ? Ah oui bonjour Maman comment ça va bien bon ben je crois qu'il est temps que je vous l'annonce à Papa et toi eh oui bon ben je suis enceinte quoi eh oui c'est une grande nouvelle bon ben allez je te laisse M'man embrasse Papa embrassez-vous la vie est magique.

BOULI MIRO.

Ma Mama rien qu'à moi. Et lui mon Daddi. Pour la vie. Ça donne le vertige de se dire que c'est comme ça et pas autrement, que leur sang à eux c'est le mien, tout ça parce que le spermatozoïde qui courait pour moi le jour du Grand Marathon de l'Ovule, ce spermatozoïde est arrivé avant les autres, rien de plus. À quoi ça tient.

ANGELINE BINOCLA, *même jeu.*

Allo oui bonjour Beau-Papa Rotondo comment ça va bien bon ben je crois qu'il est temps que je vous l'annonce à Belle-Maman Rotondo et vous eh oui bon ben je suis enceinte quoi eh oui c'est une grande nouvelle bon ben allez je vous laisse Beau-Papa, embrassez Belle-Maman j'embrasse

Pilou je lui dis que vous avez appelé allez on s'embrasse la vie est magique.

BOULI MIRO.
Y'a quelqu'un ?

ANGELINE BINOCLA.
Y'a quelqu'un ?

BOULI MIRO.
Y'a toi et moi.

ANGELINE BINOCLA.
Allo ?

BOULI MIRO.
Oui ?

ANGELINE BINOCLA.
Qui parle ?

BOULI MIRO.
Moi, dedans.

ANGELINE BINOCLA.
Est-ce qu'il y a quelqu'un dans le téléphone ? *À son ventre.* Trésor, elle perd déjà la tête, ta mère.

BOULI MIRO.
Je ne suis pas dans le téléphone. Je suis là. Dedans. Je te parle du dedans. Je pousse en toi. Est-ce que ça va changer toute ma vie ? Est-ce que je verrais les choses comme tu les vois ? Et si je n'aime pas les choses comme tu les vois ? Est-ce que j'aurai le droit de les voir à ma façon ? Je crois que je ne suis plus un embryon. Ça y est, je

suis un fœtus, avec des réflexions de fœtus, je vis chez ma mère, dans son utérus.

Je suis un fœtus
(chanson)

Je suis un fœtus
Pas encore côté à l'argus
Je suis un fœtus
Pour bouger, pas besoin de bus
C'est ma mère qui me véhicule
Quand elle marche, je déambule

Je suis un fœtus
À l'avenir, j'y crois mordicus
Sans savoir faire la différence
Entre un olibrius
Et un Stradivarius
Quelle importance
J'y crois par avance
Sans savoir faire la différence
Entre un ficus
Et Spartacus
Quelle importance

Je suis un fœtus
Pas encore bouffé par les puces
Soûlé par des gugusses
Pour respirer, j'ai mes astuces
Au fond de ma mère, j'affabule
En surveillant la pendule

Je suis un fœtus
À l'avenir, j'y crois mordicus
Sans savoir faire la différence
Entre un Airbus
Et le président russe
Quelle importance
J'y crois par avance
Sans savoir faire la différence
Entre un cactus
Et Confucius

Je suis un fœtus
Déjà gros, encore minus
Je vis chez ma mère
Dans son utérus
J'attends qu'on me libère
De ce processus

Moi, quand je serai grand
Je serai un enfant

Le téléphone sonne.

ANGELINE BINOCLA.

Allo ? Ça grogne. Pourquoi vous grognez ? Si c'est pour me faire peur c'est peine perdue : j'attends un enfant. Allo. Ah Berthe. Oui. Ah bon, c'était Günther. Ah. Vous avez raison, Berthe. Il doit apprendre bien sûr. C'est ça c'est comme un enfant. C'est magique, les rhinocéros Berthe. Il m'appelle quand il veut dites-lui allez bon ben allez quoi.

BOULI MIRO.

Ce soir-là, ce monsieur que je commence à appeler mon père est rentré couvert de boue, de la tête aux pieds. Mais il avait dans la main de la sauge et des violettes, qu'il avait trouvées va savoir où, dans les prés, dans les champs autour de la ville, loin, très loin peut-être. Pour ma mère Mama, il en avait bavé autant qu'elle bavait. Quand elle a vu la sauge et les violettes, Mama a embrassé mon père Daddi. Sur le front, comme elle aime. Je la vois faire du dedans. Je vois ce qu'elle voit. J'entends ce qu'elle entend. Je sens ce qu'elle aime. C'est une vie étrange, une vie qu'elle me prête, en attendant de me la donner.

Apparaissent Jean-Michel, Marie-Jeanne et Petula Clark.

JEAN-MICHEL CLARK, *cri de stentor.*

PILOUUUU !

Le lustre se décroche du plafond, une étagère s'affaisse, au loin un loup hurle à la mort.

MARIE-JEANNE CLARK.

Jean-Michel, arrête de crier, tu casses tout.

JEAN-MICHEL CLARK, *plus bas.*

Pilou Pilou !

MARIE-JEANNE CLARK.

J'adore quand tu casses tout, mais on est quand même chez ma sœur. Y'a quelqu'un ?

JEAN-MICHEL CLARK.

Tu as frappé ?

MARIE-JEANNE CLARK.

Un grand coup.

PETULA CLARK.

Y'a quelqu'un ?

JEAN-MICHEL CLARK.

Tu as entendu, Marie-Jeanne ? Est-ce que tu as entendu Petula ? Comme elle prononce bien. Elle fait de ces progrès, notre gamine. Deux ans et déjà elle prononce comme une grande.

MARIE-JEANNE CLARK.

Là-bas.

JEAN-MICHEL CLARK.

Quoi ?

MARIE-JEANNE CLARK.

Angeline et Pilou. Là-bas. Dans le jardin.

JEAN-MICHEL CLARK.

Qu'est-ce que c'est que – Marie-Jeanne on dirait que – Mais oh – Oh là là Marie-Jeanne – Je crains le pire, Marie-Jeanne – Ils pleurent –

MARIE-JEANNE CLARK.

Ils pleurent –

JEAN-MICHEL CLARK.

Ils pleurent tous les deux les fesses dans le gazon, par une température plus élevée que les normales saisonnières et un vent faible dans le Golfe du Lion. Il est arrivé une catastrophe.

MARIE-JEANNE CLARK.

Ne parle pas de malheur, ça m'excite.

JEAN-MICHEL CLARK.
PILOU PILOU !

Un vol d'oies sauvages s'abat sur le jardin, du plomb dans l'aile.

MARIE-JEANNE CLARK.
Jean-Michel ! Combien de fois je dois te répéter que tu dois murmurer ? Murmure, Jean-Michel, murmure !

Dans le jardin.
Angeline Binocla et Pilou Rotondo sont en larmes, en nage, en transe, bref. Autour d'eux, des centaines de mouchoirs de papier.

PILOU ROTONDO.
Jean-Michel, dans mes bras, Jean-Michel, mon beau-frère.

ANGELINE BINOCLA.
Marie-Jeanne ma sœur Marie-Jeanne, embrasse-moi.

PILOU ROTONDO.
Oh mon beau-frère, mon beau-frère, comme c'est bien les beaux-frères, comme c'est bon, c'est magique, un beauf, un bon beauf, un bon gros beauf dans ses bras. Faut que je t'immortalise, Jean-Michel. Ouistiti !

JEAN-MICHEL CLARK.
OUISTITI !

Au coin de la rue, un avion s'écrase.
Pilou Rotondo prend Jean-Michel Clark en photo.

MARIE-JEANNE CLARK.
Tu me fais mal, Angeline.

ANGELINE BINOCLA.
Petula ! Oh comme elle a grandi, comme elle est belle, c'est une enfant, une enfant magique, tous les enfants sont magiques.

MARIE-JEANNE CLARK.
Il n'y a pas de catastrophe ?

PILOU ROTONDO.
Quelle catastrophe ?

JEAN-MICHEL CLARK.
Tous ces mouchoirs, et puis toutes ces larmes –

ANGELINE BINOCLA.
C'est la joie, Jean-Mi, on pleure de joie –

PILOU ROTONDO.
On en revient, Jean-Michel. On n'en revient pas, Marie-Jeanne.

ANGELINE BINOCLA.
Magique.

PILOU ROTONDO.
Magique.

MARIE-JEANNE CLARK.
Oh j'ai compris. Oh là là. J'ai compris. Approche Angeline.

JEAN-MICHEL CLARK.
Qu'est-ce que tu as compris ?

ANGELINE BINOCLA.
Qu'est-ce que tu fais ?

MARIE-JEANNE CLARK.
Je te renifle.

JEAN-MICHEL CLARK.
Qu'est-ce que tu renifles ?

MARIE-JEANNE CLARK.
Oh là là, ça sent la première échographie –

Angeline Binocla et Pilou Rotondo fondent en larmes, se roulent dans le gazon, tapent des pieds dans les trous de taupes.

PETULA CLARK.
Pourquoi tu pleures, Tonton ? Tata ?

JEAN-MICHEL CLARK.
Ah c'est ça. Ah ben oui. La première écho, quoi. Oh là là oui. Ah la première écho. Surtout par un temps pareil, avec un bon 25 degrés sur Perpignan c'est formidable.

MARIE-JEANNE CLARK.
Tonton et Tata pleurent parce qu'ils ont vu la première photo du petit, de la petite, de ton cousin-cousine, tu vois, Petula.

PETULA CLARK.
Cousin-cousine ?

MARIE-JEANNE CLARK.
Passe-moi un mouchoir, Angeline.

PETULA CLARK.
Pourquoi tu pleures, Maman ?

MARIE-JEANNE CLARK.
Parce que j'adore ça.

BOULI MIRO.
Quand Mama pleure, j'ai envie de la prendre dans mes bras. Mais du dedans je ne sais pas quoi attraper. Je ne peux quand même pas embrasser son intestin. D'accord c'est ma mère, mais un intestin, ça reste un intestin. Pour l'instant, j'ai des noms génériques, en attendant le mien : on m'appelle le petit, la petite, l'enfant, le gosse, le bébé, le trésor. Et des fois, Rahan. Pourquoi Rahan ?

PILOU ROTONDO.
C'est un garçon !

BOULI MIRO.
Je le savais, que je suis un garçon. Depuis quelque temps, j'ai un petit doigt qui pousse au bout de mes mains. Avec une petite voix de petit doigt. Il me souffle des trucs. Quand j'ai envie de savoir quelque chose, je l'écoute. J'écoute mon petit doigt qui sait tout. Je suis un garçon. Et ça – La personne, là. Ce doit être –

PETULA CLARK, *au ventre de Tata Binocla.*
Gros ventre, je m'appelle Petula.

BOULI MIRO.
Petula ? Tu t'appelles comme ça ? Moi, tu peux m'appeler comme tu veux : enfant, gamin, trésor, cadeau du ciel, etc. Mais si tu pouvais éviter « gros ventre », ce serait sympa.

PETULA CLARK.

Tata a un gros ventre.

BOULI MIRO.

T'es sourde ?

MARIE-JEANNE CLARK.

Eh oui Petula, Tata Angeline a un gros ventre eh oui Tata va être maman.

PETULA CLARK.

Tata c'est Maman ?

JEAN-MICHEL CLARK.

Non Tata c'est pas Maman, Maman c'est Maman, c'est elle, là, tu la reconnais ça c'est Maman, et Tata c'est Tata mais elle va devenir Maman, Tata.

PETULA CLARK.

Eh oui Tata c'est Maman.

JEAN-MICHEL CLARK.

Heureusement qu'il fait beau sur l'ensemble de la France, 30 degrés sur Ajaccio, parce que l'éducation des gosses, c'est le chaud-froid permanent. On approche, on s'éloigne, on approche. Et soudain, on est très loin du but.

BOULI MIRO.

Ça lui va bien, Petula, à cette personne.

MARIE-JEANNE CLARK.

Dis donc, Angeline, tu as un ventre énorme.

PILOU ROTONDO.

Le médecin a dit que le petit était d'une santé exceptionnelle.

BOULI MIRO.

Petula, ça doit être un autre garçon. Un grand garçon.

JEAN-MICHEL CLARK.

Parce qu'on est bien d'accord que ça fait seulement trois mois, là.

ANGELINE BINOCLA.

Il devrait mesurer quatre millimètres et peser 5 grammes.

PILOU ROTONDO.

Il mesure bien quatre millimètres, mais il pèse un kilo deux cent cinquante.

JEAN-MICHEL CLARK.

Ouais bon ben vous avez rudement bien travaillé, dites donc.

ANGELINE BINOCLA.

C'est un gros fœtus.

BOULI MIRO.

Allo Petit Doigt. Petit Doigt, est-ce que Petula est un garçon ?

Soudain, Marie-Jeanne pousse un cri strident.

MARIE-JEANNE CLARK.

Y'a un – Là-bas. Y'a –

JEAN-MICHEL CLARK.

Marie-Jeanne, tu as avalé une olive ?

PILOU ROTONDO.

Ça c'est l'effet Günther.

JEAN-MICHEL CLARK.

C'est qui, Günther ?

MARIE-JEANNE CLARK.

Là-bas. Dans le jardin. C'est un – Un –

ANGELINE BINOCLA.

Rhinocéros.

JEAN-MICHEL CLARK.

Un rhinocéros, demain nous fêterons les Félicien. Si on survit à cet engin.

PILOU ROTONDO.

C'est Günther. Il vient de Thoiry.

PETULA CLARK.

C'est une grosse bébête.

JEAN-MICHEL CLARK.

Sujet, verbe, complément : la classe. Et vous avez vu comme elle prononce bien. On va rentrer, nous, on rentre. Va pleuvoir. Dans trois minutes et trente secondes. Grosse ondée. Pluies acides. Effet de serre.

PILOU ROTONDO.

Ça m'a toujours impressionné, ça : toi et la météo, Jean-Michel. C'est quand même un métier à part.

JEAN-MICHEL CLARK, *très vite.*

Tu sais Pilou, le ciel, les éléments, de nos jours on peut dire qu'on a cerné de quoi il s'agit, on sait lire dans tout ça. Mais les gosses, Pilou, l'éducation des gosses, alors là tu vois Pilou ça c'est vraiment dur, je peux te dire que des fois t'es perdu, tu regardes ton thermomètre et tu te sens tout petit Pilou, tu verras tu verras, mais bon on en reparle à l'occasion, à part ça c'est la plus belle chose qui soit bonne chance.

MARIE-JEANNE CLARK.
Ne regarde pas là-bas, Petula. Allez, enfile ton manteau.

JEAN-MICHEL CLARK.
Elle ne l'a pas enlevé. On y va, chéri. Tout doucement.

MARIE-JEANNE CLARK.
Il approche. Plus un geste. Il est tout près. Il est énorme. Il est peut-être en rut.

JEAN-MICHEL CLARK.
Un rhinocéros en rut, ça peut faire très mal.

PETULA CLARK.
Petula veut jouer avec le monstre.

BOULI MIRO.
Est-ce que tu parles de moi, Petula ?

PETULA CLARK.
Non, je ne parle pas de toi.

BOULI MIRO.
Quoi ?

PETULA CLARK.
Quoi ?

BOULI MIRO.
Allo ?

PETULA CLARK.
Allo, j'écoute.

BOULI MIRO.
Tu m'entends ?

PETULA CLARK.
Parle plus fort, cousin-cousine. Y'a de la friture sur la ligne.

BOULI MIRO.
De la friture ?

PETULA CLARK.
Sur la ligne.

BOULI MIRO.
Est-ce que ça se mange, la friture sur la ligne ?

PETULA CLARK.
Quand on va se faire cuire un œuf, des fois on ne mange pas.

BOULI MIRO.
Comment c'est possible ? Petit Doigt ? Petula m'entend quand je lui parle du dedans. Comment c'est possible qu'elle m'entende du dedans, vu qu'elle est dehors, avec le monde entier ? Petit Doigt, réponds-moi.

PETULA CLARK.
Il en sait moins que nous, ton petit doigt.

ANGELINE BINOCLA.
C'est fou ce qu'elle prononce bien les mots. On ne comprend pas encore le sens de ses phrases, mais elle les prononce déjà très bien, bon ben ça

va oui on a un rhinocéros dans le jardin c'est pas la peine de rester plantés comme des statues c'est nul quoi bon ben c'est une bête une grosse bébête y'a quand même des choses plus graves de nos jours. Pilou, j'ai encore fait pipi. Je suis désolée. Bon ben oui je fais pipi. C'est un gros fœtus.

BOULI MIRO.
Ma mère devrait mettre des couches. C'est mon petit doigt qui me l'a dit. J'ai bien aimé le troisième mois de ma vie, le Temps du Petit Doigt qui sait Tout. J'ai bien aimé Petula. On se parle, du dedans vers le dehors. C'est magique, comme disent mes parents.

Dans la chambre.

ANGELINE BINOCLA.
Tu dors, Pilou ? Pilou, j'ai envie de – Pilou, réveille-toi. Je suis une femme, Pilou. Je suis une femme, je suis dans mon quatrième mois, je suis une femme dans son quatrième mois, Pilou. Une femme a des besoins, une femme dans son quatrième mois a quatre fois plus de besoins qu'une autre femme.

PILOU ROTONDO.
Qu'est-ce que tu racontes ?

ANGELINE BINOCLA.
Satisfais-moi.

PILOU ROTONDO.
Dors, Angeline.

ANGELINE BINOCLA.
Honore-moi.

PILOU ROTONDO.
Compte les moutons.

ANGELINE BINOCLA.
Déshonore-moi.

PILOU ROTONDO.
Compte les moutons, j'ai dit : un mouton, deux moutons –

ANGELINE BINOCLA.
Tu ne me touches plus.

PILOU ROTONDO.
Je travaille moi demain. Sept heures, à l'abattoir. Nous, les hommes on a nos soucis.

ANGELINE BINOCLA.
Ne cherche pas d'excuses.

PILOU ROTONDO.
Tu es enceinte.

ANGELINE BINOCLA.
Et alors ?

PILOU ROTONDO.
J'ai peur.

ANGELINE BINOCLA.
Pilou, tous les couples se câlinent en période de grossesse.

PILOU ROTONDO.

Après, on s'étonne que les enfants ont des troubles comportementaux.

Angeline Binocla saute sur son mari.

Angeline, non Angeline oh non Angeline oh oui, vas-y Angeline continue c'est magique –

Berthe la folle apparaît.

BERTHE LA FOLLE.

Je vois que ça se passe bien, cette grossesse. C'est chouette.

Coït interruptus (traduction pour les plus jeunes : le jeu est terminé).

ANGELINE BINOCLA.

Berthe !

PILOU ROTONDO.

Mais qu'est-ce que vous faites dans notre chambre ?

ANGELINE BINOCLA.

Berthe, mais enfin Berthe –

BERTHE LA FOLLE.

Günther a disparu. Je passais voir à tout hasard –

PILOU ROTONDO.

Vous voyez un rhinocéros ici ? Est-ce que vous voyez un rhinocéros ? Eh non. Y'a pas de rhino. Pas d'éléphant non plus, pas d'hippopotame, tout est calme. Alors elle se casse, la vieille avec sa tronche en biais, elle fiche le camp aux

Canaries, elle va faire un tour aux Maldives, elle dégage aux Marquises et bonjour à Jacques de notre part, allez ouste !

ANGELINE BINOCLA.
Oh là là ce que t'es violent, Pilou.

PILOU ROTONDO.
Expéditif.

BERTHE LA FOLLE.
Pas la peine de monter sur ses grands chevaux. On n'a plus le droit de chercher son animal domestique ?

ANGELINE BINOCLA.
Dehors !

BERTHE LA FOLLE.
Dites donc, Rotondo, vous vous y prenez comme un manche. Je dis ça comme ça. Allez bonne nuit.

Elle disparaît.

PILOU ROTONDO.
Comment ça je m'y prends comme un manche ?

ANGELINE BINOCLA.
Laisse tomber, mon chéri.

PILOU ROTONDO.
Qu'est-ce qu'elle en sait, d'abord, si je m'y prends comme un manche.

ANGELINE BINOCLA.
Ne perds pas confiance en toi, Pilou.

PILOU ROTONDO.

C'est pas cette vieille peau qui va me – Pourquoi elle dit ça ? Je m'y prends mal, Angeline ?

ANGELINE BINOCLA.

Mais non mais c'est normal tu te lèves tôt, tu dors peu, et puis tu as peur alors ça te crispe.

PILOU ROTONDO.

Ça me crispe ? Qu'est-ce qui me crispe ? Je ne me sens pas du tout crispé. C'est magique. Tout est absolument magique, compris ?

ANGELINE BINOCLA.

Compris.

PILOU ROTONDO.

Bonne nuit Angeline.

ANGELINE BINOCLA.

Bonne nuit Pilou.

BOULI MIRO.

Ils dorment, l'un contre l'autre, et moi entre les deux. Dans la nuit, Mama se lève quatre fois pour aller faire pipi. À son quatrième retour des toilettes, Daddi lui propose de la brancher directement sur le tuyau d'arrosage. Il dit qu'au moins ça fera du bien aux tulipes. Puis Mama s'endort et fait ce rêve : son ventre gonfle tellement qu'elle s'envole comme une montgolfière au-dessus des montagnes et on voit le Mont-Blanc là-bas, des alpinistes nous font coucou et les chamois sautent de pic en pic, et moi je mets des coups de pied à Mama, des coups de pied dans son ventre –

PILOU ROTONDO.

C'est dingue ce que tu peux avoir comme gargouillements intestinaux.

ANGELINE BINOCLA.

La ferme.

BOULI MIRO.

Tiens, c'est marrant, j'ai des ongles. Des gros ongles au bout de mes gros doigts au bout de mes gros bras au bout de mon gros corps de grosse graine. Je suis une grosse graine qui est en train de tellement germer que ça va devenir un jardin à elle toute seule. Je suis un jardin. Un jardin secret, très étendu, avec des balançoires et un toboggan. J'aimerais que Petula vienne se rouler sur ma pelouse et grimper à mes arbres. J'espère qu'elle n'a pas de chien. Je ne veux pas que Petula vienne promener son chien dans mon jardin. Les chiens, c'est pas propre.

En gros
(chanson)

J'ai de gros ongles au bout de mes gros doigts
J'ai de gros doigts au bout de mes gros bras
J'ai de gros bras au bout de mon gros corps
J'ai un gros corps au bout du compte
Un corps de mastodonte

Encore trois mois à mariner
Puis il faudra bien m'expulser
Mama faudra que tu sois prudente
Un accident est si vite arrivé

Si tu appuies trop fort sur la détente
Tu vas faire un trou dans le décor

J'ai le cœur gros d'être aussi gros que ça
Oui j'en ai gros d'être si gros déjà
Je ne fais pas les gros yeux
Ma mère me les a fait comme ça
Je n'ai pas la grosse tête
Mon père l'avait avant moi
Est-ce qu'on vit bien avec ça ?
Est-ce qu'on vit bien avec ça ?
Je ne sais pas
J'ai un gros doute à cet endroit

Heureusement y'a Petula
Heureusement y'a Petula
Qui en sait plus que mon petit doigt
J'ai le cœur gros d'être aussi gros que ça
Oui j'en ai gros d'être si gros déjà
Voilà le topo
En gros

PILOU ROTONDO.
Tu dors, Angeline ?

Silence.

BOULI MIRO.
J'ai remarqué qu'avant, quand je n'étais pas encore ce grand jardin que je deviens, le lit penchait drôlement du côté de mon père. Maintenant, ça s'équilibre. Ma mère dort, la bouche grande ouverte. Mon père fait une insomnie. Il

pense à sa jeunesse, quand il n'avait pas d'autres soucis que le trou à ses chaussettes –

PILOU ROTONDO.
C'était pas un souci, tu sais.

BOULI MIRO.
La nuit, on se parle avec mon père, à travers le ventre de Mama, pendant qu'elle a le dos tourné et la tête ailleurs.

PILOU ROTONDO.
Ça va, fils ?

BOULI MIRO.
Je commence à me sentir à l'étroit.

PILOU ROTONDO.
Tu es costaud, je suis fier de toi. Quand tu seras grand, tu seras fort comme un Turc.

BOULI MIRO.
Ils sont forts, les Turcs ?

PILOU ROTONDO.
Très forts.

BOULI MIRO.
Est-ce que je suis turc ?

PILOU ROTONDO.
Non tu n'es pas turc.

BOULI MIRO.
En fait, c'est quoi, un Turc ?

PILOU ROTONDO.
Un habitant de la Turquie.

BOULI MIRO.
C'est quoi la Turquie ?

PILOU ROTONDO.
Un pays.

BOULI MIRO.
C'est quoi un pays ?

PILOU ROTONDO.
Un endroit sur la Terre.

BOULI MIRO.
Est-ce que c'est chez tout le monde, la Turquie ?

PILOU ROTONDO.
C'est d'abord chez les Turcs, mais tout le monde y va en vacances.

BOULI MIRO.
Et la Terre, est-ce que c'est chez tout le monde ?

PILOU ROTONDO.
Oui, la Terre c'est chez tout le monde.

BOULI MIRO.
Si la Turquie c'est sur la Terre et que la Terre c'est chez tout le monde, alors ça veut dire que la Turquie c'est chez tout le monde vu que c'est la Terre.

PILOU ROTONDO.
Pourquoi tu n'essaies pas de dormir ?

BOULI MIRO.
Moi, j'aimerais être turc.

PILOU ROTONDO.

Tu ne peux pas, tu es français.

BOULI MIRO.

Si les forts, c'est les Turcs, je préfère changer.

PILOU ROTONDO.

Tu veux devenir turc.

BOULI MIRO.

Je veux devenir fort.

PILOU ROTONDO.

C'est vrai que c'est beau, Istanbul.

BOULI MIRO.

Mon Daddi dit ça : c'est beau, Istanbul. Et puis, il se met à fredonner une chanson. À voix basse, pour ne pas réveiller Mama. Qu'est-ce que tu fredonnes, Daddi ?

PILOU ROTONDO.

Une chanson de Lou Reed. *Stupid man.*

BOULI MIRO.

C'est de la musique de vieux.

PILOU ROTONDO.

Qu'est-ce que tu racontes. C'est toute ma jeunesse, cette chanson. C'est de la musique de jeunes.

BOULI MIRO.

Et là, on voit que le temps passe. On voit que je deviens fort comme un Turc. On voit que mon père cherche sa jeunesse. Il se revoit au lycée avec des filles autour de lui. Il se revoit à la faculté, sauf que c'est un menteur puisqu'il ne faisait que sécher les cours pour aller au cinéma voir des films de Lubitsch ou des Monty Python. Il se revoit en train de danser jusqu'à sept heures du matin. Il se revoit en train de boire des bières dans des chambres inconnues. Il se revoit en train de faire le malin. Mais le rock'n'roll n'y peut rien, ça n'arrête pas le temps, le rock'n'roll. Et mon père se sent bête, alors la chanson qu'il fredonne porte bien son titre.

PILOU ROTONDO.
Bonne nuit, mon petit Rahan.

Soudain, Günther entre dans la chambre.

BOULI MIRO.
Daddi, il y a un – un – un – un monstre dans la chambre. Daddi, réveille-toi. Mama ! Mama !

Günther traverse lentement la chambre, marque un arrêt et lâche un pet.

Gros dégoûtant. Sors de la chambre de mes parents. Sors de là, j'ai dit ! Je vais t'apprendre les bonnes manières.

Günther éclate de rire et s'allume une cigarette.

GÜNTHER.
Ça va, gamin ?

BOULI MIRO.
Un monstre qui parle.

GÜNTHER.

Je parle, je pète, je fume, j'apprends à téléphoner et je ne suis pas mauvais en calcul mental.

BOULI MIRO.

Tu sais calculer ?

GÜNTHER.

Depuis le mois dernier, je passe tout seul mes commandes à la Redoute.

BOULI MIRO.

C'est quoi, la Redoute ?

GÜNTHER.

Un catalogue de vente par correspondance. Tu peux commander n'importe quoi, le facteur te livre à domicile. Sinon tu peux retirer tes objets dans le point de vente le plus proche.

BOULI MIRO.

Qu'est-ce que tu as commandé, toi ?

GÜNTHER.

Un caleçon. J'en ai marre de me balader cul nu dans ton jardin. Tout le monde me mate.

BOULI MIRO.

Moi, je ne te mate pas.

GÜNTHER.

Ta mère me mate, donc tu me mates.

BOULI MIRO.

Tu n'as pas le droit de fumer dans la chambre de mes parents. Si mon Daddi se réveille, il va appeler tous ses copains et ils vont organiser un safari.

GÜNTHER.

Ton père n'a pas de copains. Il ne supporte que ta mère qui n'a pas de copines parce qu'elle ne supporte que ton père.

BOULI MIRO.

Et alors ? C'est très beau ! C'est magique.

GÜNTHER.

Tu parles comme eux. Ça ne te dérange pas ?

BOULI MIRO.

Dans un premier temps, je préfère les prendre en modèle. Et puis doucement, j'apprendrai à désobéir.

GÜNTHER.

Tu es malin pour un fœtus.

BOULI MIRO.

Je sais faire la différence entre un olibrius et Spartacus. Je ne suis plus un fœtus, je suis un bébé.

GÜNTHER.

Ta mère est tout juste dans son cinquième mois et tu pèses déjà quatre kilos cinq. Il faut ralentir, gamin. Elle n'arrive plus à se traîner, ta daronne. Et puis quand on est gros, on est gros. J'en sais quelque chose.

BOULI MIRO.

Je vais me faire une gourde avec ta corne.

GÜNTHER.
Moi, c'est Günther.

BOULI MIRO.
Rahan. Je ne serai jamais gros. Je serai fort. Fort comme un Turc. Nuance.

GÜNTHER.
Âge tendre et langue de bois.

BOULI MIRO.
Fiche le camp.

Günther pète.

GÜNTHER.
Tu permets que je termine ma cigarette ? Berthe a horreur que je fume chez elle. Elle non plus, elle n'a pas d'ami. Elle n'a que moi. Son fils ne vient plus la voir.

BOULI MIRO.
Pourquoi ?

GÜNTHER.
Il travaille.

BOULI MIRO.
Elle n'a pas de mari ?

GÜNTHER.
Il est mort.

BOULI MIRO.
C'est triste.

GÜNTHER.

Tout le monde la croit folle. Alors qu'elle est seule.

BOULI MIRO.

Tu lui tiens compagnie.

GÜNTHER.

C'est pas facile, la vie, Bouli.

BOULI MIRO.

Bouli ? Pourquoi tu m'appelles Bouli ?

GÜNTHER.

Parce que c'est comme ça qu'on va t'appeler.

BOULI MIRO.

Bouli ? C'est pas un prénom Bouli. Moi, je veux qu'on m'appelle Steven.

GÜNTHER.

Bonne chance, Bouli.

Günther disparaît.

PETULA CLARK.

Cousin-cousine ?

BOULI MIRO.

Petula ?

PETULA CLARK.

Je passais te voir.

BOULI MIRO.

En pleine nuit ! Tu as deux ans, tu aurais pu mourir dans la rue égorgée par un sale malfaiteur.

PETULA CLARK.

Je ne suis pas venue par la rue. J'ai pris le passage secret.

BOULI MIRO.

Quel passage ?

PETULA CLARK.

Le passage secret de ton jardin secret.

BOULI MIRO.

Tu le connais ?

PETULA CLARK.

Pour l'emprunter, je suis mon cœur et voilà, j'arrive dans Tata.

BOULI MIRO.

Comment ça dans Tata quelle Tata ?

PETULA CLARK.

On est bien dans Tata, non ?

BOULI MIRO.

C'est qui, Tata ?

PETULA CLARK.

Ben ta Mama.

BOULI MIRO.

On n'est pas dans Mama. Je suis dans Mama. Toi, tu es dans la chambre. On se parle du dedans vers le dehors. C'est magique.

PETULA CLARK.

Puisque je te dis que je suis dans Tata avec toi. Regarde là-bas.

BOULI MIRO.
Quoi ?

PETULA CLARK.
C'est son foie.

BOULI MIRO.
Son foie.

PETULA CLARK.
Là-bas, c'est sa rate. Sa vésicule biliaire. Son intestin grêle. C'est fou, le corps humain.

BOULI MIRO.
Mais comment tu es entrée ?

PETULA CLARK.
Ben d'après toi. C'était ouvert et j'avais trop envie de te voir.

BOULI MIRO.
C'est encore plus magique que de se parler du dedans vers le dehors.

PETULA CLARK.
Tu es bien, là.

BOULI MIRO.
Mais alors – mais – est-ce que Günther ? Günther, est-ce qu'il était dans ma mère, lui aussi ?

PETULA CLARK.
C'est qui, Günther ?

BOULI MIRO.
Personne.

PETULA CLARK.

C'est bien de faire connaissance avant ta naissance, on gagne du temps.

BOULI MIRO.

Je peux te poser une question. Est-ce que tu es un garçon ?

PETULA CLARK.

Non, une fille.

BOULI MIRO.

Ah.

PETULA CLARK.

Ça t'embête.

BOULI MIRO.

Il faut que tu partes.

PETULA CLARK.

Pourquoi ?

BOULI MIRO.

Sinon on va sortir ensemble.

PETULA CLARK.

Sortir ensemble ?

BOULI MIRO.

Je ne peux pas te câliner à l'intérieur de ma mère, ça pourrait la réveiller et on se ferait gronder. Moi, quand mes parents se câlinent, même s'ils font très attention, ça me fiche le mal de mer. Alors à une prochaine.

PETULA CLARK.

On ne peut pas rester assis, comme ça, sans rien faire, l'un près de l'autre ?

BOULI MIRO.

Tu es tellement innocente.

PETULA CLARK.

Bon ben j'y vais alors –

BOULI MIRO.

On sortira ensemble quand je serai sorti de ma mère.

PETULA CLARK.

Tu es drôle, Bouli.

BOULI MIRO.

Bouli ? Pourquoi tu m'appelles Bouli ?

PETULA CLARK.

C'est comme ça que tu vas t'appeler.

BOULI MIRO.

Tu es de mèche avec le gros Günther. Quand je serai né, je m'appellerai Steven. Pigé ? Rahan, c'est provisoire. Répète après moi : Steven.

PETULA CLARK.

Moi, quand j'étais un fœtus, je voulais m'appeler Santa Barbara. Mais je m'appelle Petula. C'est pas facile, la vie. Salut mon cousin Bouli.

Petula disparaît.

BERTHE LA FOLLE.

Ça va, Bouli ?

BOULI MIRO.
C'est une conspiration.

BERTHE LA FOLLE.
Pourquoi tu dis ça ?

BOULI MIRO.
Tout le monde entre dans ma mère comme si c'était une foire aux vins. C'est ma Mama ! Elle est enceinte. Je veux qu'on respecte son intimité. Berthe, il faut que vous sortiez de ma mère.

BERTHE LA FOLLE.
Je ne suis pas dans ta mère, qu'est-ce que tu racontes ?

BOULI MIRO.
Ah bon vous n'êtes pas dans ma mère. Alors on est revenu au bon vieux système dedans-dehors ?

BERTHE LA FOLLE.
Apparemment.

BOULI MIRO.
Günther vient de sortir.

BERTHE LA FOLLE.
Günther. C'est quelqu'un de bien. Il est curieux de tout.

BOULI MIRO.
Est-ce que tous les animaux sont comme ça ? Dans la vraie vie, est-ce qu'ils parlent ? Quand je serai sorti d'ici, est-ce que je pourrai bavarder avec n'importe quel poisson rouge ?

BERTHE LA FOLLE.
Apparemment.

BOULI MIRO.
Tout le monde se parle ?

BERTHE LA FOLLE.
Pas tout le monde. Parfois, les gens ne se parlent pas.

BOULI MIRO.
Pourquoi ?

BERTHE LA FOLLE.
Ils n'ont rien à se dire. Ils s'ignorent. Ils se font la tête. Ils se tournent le dos.

BOULI MIRO.
Pourquoi ?

BERTHE LA FOLLE.
Ils s'en veulent. Ils se fâchent. Ils se mettent en colère.

BOULI MIRO.
Vous êtes fâchée contre votre fils ?

BERTHE LA FOLLE.
Un peu.

BOULI MIRO.
Et vous êtes fâchée contre votre mari ?

BERTHE LA FOLLE.
Un peu.

BOULI MIRO.
C'est pour ça que vous êtes folle ?

BERTHE LA FOLLE.
C'est pour ça.

BOULI MIRO.
Je peux vous prendre la main.

BERTHE LA FOLLE.
Non.

BOULI MIRO.
Pourquoi ?

BERTHE LA FOLLE.
Je suis une grande fille.

Les grandes filles
(chanson)

Les grandes filles traversent la rue sans regarder
Pour provoquer, pour provoquer
Les automobilistes pressés
Les grandes filles passent à l'orange
Pour les calmer
Qui ça dérange ?

Les grandes filles ont un caractère bien trempé
Comme une épée, comme une épée
Les grandes filles n'aiment pas courber le dos
Elles disent ça va ça va et elles rient faux

Je suis une grande fille
Peut-être même une grande dame
Pas le genre qui se défile
Quand on lui tend une arme

Je suis une grande fille
Peut-être même une grande dame
J'ai une bobine de fil
Pour recoudre mon drame

Je suis une grande fille

Soudain, Angeline Binocla pousse un cri. Apparaissent Jean-Michel, Marie-Jeanne et Petula Clark. Revient Günther, avec un masque médical et des gants. Pilou Rotondo se réveille en sursaut et découvre sa femme, les quatre fers en l'air. Angeline Binocla est allongée sur le lit, chacun de ses pieds paraît relié à un fil lui-même relié au plafond.

ANGELINE BINOCLA.
Libérez-moi !

PILOU ROTONDO.
Angeline, sois raisonnable, le médecin a dit qu'il ne fallait plus bouger.

ANGELINE BINOCLA.
Je refuse de passer trois mois à regarder le Télé-achat. Plutôt mourir.

PILOU ROTONDO.
Docteur, qu'en dites-vous ?

GÜNTHER.
La situation est critique. On n'en est qu'au sixième mois et le petit est à huit kilos. Six mois, huit kilos, l'équation est simple : je préconise l'immobilité totale jusqu'à la fin de la gestation.

JEAN-MICHEL CLARK.
De la grossesse.

GÜNTHER.
C'est ça.

MARIE-JEANNE CLARK.
Oh ma pauvre Angeline, ma pauvre Angeline, oh je te plains.

PETULA CLARK.
Tata ne bouge plus, Tata, pourquoi ?

JEAN-MICHEL CLARK.
Parce que ton cousin pèse trop lourd.

GÜNTHER.
Compresses.

PETULA CLARK.
Lourd comment ?

MARIE-JEANNE CLARK.
Lourd comme – comme une grue.

ANGELINE BINOCLA.
Comment ça comme une grue ? Non mais ça ne va pas de dire ça.

PETULA CLARK.
Passez-moi le scalpel.

PILOU ROTONDO.
Une grue – pourquoi pas l'Arc de Triomphe.

MARIE-JEANNE CLARK.
Je cherchais une image.

PETULA CLARK.

Scalpel, j'ai dit.

JEAN-MICHEL CLARK.

Tu verras quand tu auras des gosses, Pilou. C'est pas facile, surtout avec un vent fort soufflant de nord-est à sud-ouest. Force 4-5. Ah on fait moins le rigolo.

GÜNTHER.

J'ai demandé des compresses.

PETULA CLARK.

Scalpel !

PILOU ROTONDO.

Un scalpel ? Pourquoi Docteur ? Est-ce qu'elle saigne ? Je ne supporte pas la vue du sang, Docteur.

MARIE-JEANNE CLARK.

Petula, qu'est-ce que tu veux faire avec un scalpel ? C'est dangereux. Et puis, qui t'a appris ce mot-là ?

GÜNTHER.

Épongez-moi.

JEAN-MICHEL CLARK.

Marie-Jeanne, éponge Günther.

GÜNTHER.

Merci.

PETULA CLARK.

Bistouris.

MARIE-JEANNE CLARK.

C'est un plaisir. Au début, j'avais peur de vous. En fait, vous êtes tout le contraire de –

Cri d'Angeline.

Bref. Voyez.

PILOU ROTONDO.

Angeline a crié, pourquoi elle a crié ?

MARIE-JEANNE CLARK.

Günther. C'est splendide, Günther. Moi, si j'avais un garçon –

GÜNTHER.

Contractions.

PILOU ROTONDO.

Déjà.

PETULA CLARK.

Je vais le chercher. Quelqu'un doit le sortir de là.

JEAN-MICHEL CLARK.

Chercher qui ?

MARIE-JEANNE CLARK.

Günther Clark.

GÜNTHER.

Respiration du petit chien. Tous ensemble.

Ils s'exécutent.

Tous ensemble, j'ai dit. Respiration du gros chien.

Idem.

Ensemble. Respiration du chien de chasse.

Idem.

Respiration du chien de fusil.

Idem.

Respiration du chien de faïence.

Idem.

Respiration du bon chienchien à sa mémère.

Idem.

Et pour finir, respiration de la caravane qui passe.

Idem.

Tout est sous contrôle. Maintenant, écoutons de la musique. C'est dans le ventre de sa mère que débute l'éducation musicale d'un enfant. L'enfant entend tout, comme les gens dans le coma.

ANGELINE BINOCLA.
Il est dans le coma ?

GÜNTHER.
Mais non.

PILOU ROTONDO.
Je lui ai déjà parlé de Lou Reed.

GÜNTHER.
Écoutons le *Requiem* de Brahms, qu'il sache que la vie est appelée à finir.

ANGELINE BINOCLA.
Moi, j'aime bien Julien Clerc.

GÜNTHER.
Écoutons Cindy Lauper, *Girls just want to have fun*, qu'il sache à quoi s'attendre avec les filles.

PILOU ROTONDO.
The Cure, *Boys don't cry*.

JEAN-MICHEL CLARK.
Faut l'endurcir, tu as raison Pilou.

GÜNTHER.
Charlie Parker, alias *Bird*, le seul homme qui fait le poids face à un oiseau.

MARIE-JEANNE CLARK.
Est-ce qu'on peut écouter les Chœurs de l'Armée Rouge ?

ANGELINE BINOCLA.
Moi, je préfère Julien Clerc.

GÜNTHER.
Et maintenant peignons.

JEAN-MICHEL CLARK.
Ah oui la peinture, j'ai lu ça que la peinture pendant la grossesse –

GÜNTHER.
– aide à développer la sensibilité artistique de l'enfant, mais oui.

ANGELINE BINOCLA.
Si je peins, l'enfant peint ?

GÜNTHER.
L'enfant peint.

PILOU ROTONDO.

Moi j'ai lu que c'était dangereux pour l'enfant, la peinture.

ANGELINE BINOCLA.

Remarque, c'est logique, si je vais faire les courses, le petit aussi va faire les courses.

JEAN-MICHEL CLARK.

Si tu apprends à distinguer un stratus d'un nimbus –

MARIE-JEANNE CLARK.

Et si tu te déshabilles, est-ce que le petit se retrouve tout nu ?

PILOU ROTONDO.

C'est l'héritage, quoi.

GÜNTHER.

Reproduisons tous ensemble ce tableau de Joan Miro. *La Caresse des étoiles.* Tout un programme.

JEAN-MICHEL CLARK.

Moi, j'aime bien l'aquarelle.

MARIE-JEANNE CLARK.

Est-ce que je suis la seule à avoir chaud ?

GÜNTHER.

Peignons, sans oublier la respiration du gros chien. Et que chacun fredonne en son for intérieur sa chanson préférée de Julien Clerc, afin de contenter Angeline.

ANGELINE BINOCLA.

Merci Docteur.

Julien Clerc, respiration du gros chien, peinture.

GÜNTHER.

Mélissa métisse d'Ibiza vit toujours dévêtue –

MARIE-JEANNE CLARK.

Günther, vous chantez tellement juste –

ANGELINE BINOCLA.

Il bouge ! Il bouge ! Il a les mêmes goûts que sa maman. *Ma préférence à moiiiiii.*

GÜNTHER.

Maintenant, il est temps d'abandonner Angeline à sa solitude de mère trop grosse pour partager quoi que ce soit. Angeline, bon Téléachat. À très bientôt.

ANGELINE BINOCLA.

Trois mois de Téléachat. Je ne tiendrai pas, Pilou.

PILOU ROTONDO.

Je prendrai en photo toutes les rues de la ville, tous les jours, à toutes les heures. Et je te les montrerai, pour que tu saches à quoi ressemble le monde. Tu dois te reposer, Angeline.

ANGELINE BINOCLA.

Fais-moi rouler.

PILOU ROTONDO.

Ne me demande pas ça.

ANGELINE BINOCLA.

Jean-Michel, fais-moi rouler.

JEAN-MICHEL CLARK.

Marie-Jeanne, pourquoi tu regardes Günther

comme ça ? Je constate une hausse des températures anormale pour la saison.

MARIE-JEANNE CLARK.
Je ne regarde pas Günther.

JEAN-MICHEL CLARK.
Si, tu regardes Günther.

MARIE-JEANNE CLARK.
Mais non.

JEAN-MICHEL CLARK.
MAIS SI !

MARIE-JEANNE CLARK.
Moins fort, tu vas déchirer la poche des eaux ! Je regarde Günther parce que ça n'est tout de même pas courant de nos jours, un rhinocéros qui a fait médecine.

Petula, inquiétante, brandit au-dessus de sa tête un scalpel qu'elle a trouvé va savoir où ; elle se dirige lentement vers Mama, comme dans les pires films d'horreur.
Tout le monde est pétrifié.
Petula va – Elle va – Oh mon dieu, les enfants, ne regardez pas ça. Elle agite le scalpel au-dessus de Mama – Elle – Elle va – Elle –

Cri de Bouli qui se réveille en sursaut.

BOULI MIRO.
Petula !

BERTHE LA FOLLE.
Bouli.

BOULI MIRO.

Arrêtez-la ! Petula va découper ma mère, Mama, Petula Mama c'est Tata ta Tata, fais pas ça !

BERTHE LA FOLLE.

Il est trois heures du matin. Ce n'est pas une heure pour les petites filles.

BOULI MIRO.

Berthe, qu'est-ce qui se passe ? Pourquoi tout le monde essaie de m'accoucher ?

Günther, Jean-Michel, Marie-Jeanne et Petula Clark ont disparu.

BERTHE LA FOLLE.

Tu as fait un mauvais rêve. Ce n'est rien. Ça arrive. Ça passe.

BOULI MIRO.

Petula ne va pas découper Mama ?

BERTHE LA FOLLE.

Petula est couchée. Elle rêve de toi à l'heure qu'il est.

BOULI MIRO.

Et quand je parlais de Lou Reed avec mon père, est-ce que je rêvais ?

BERTHE LA FOLLE.

Peut-être.

BOULI MIRO.

Et quand je disais à Petula que l'amitié entre un garçon et une fille, ce n'est pas possible, est-ce que je rêvais ?

BERTHE LA FOLLE.
Peut-être.

BOULI MIRO.
Günther n'est pas médecin.

BERTHE LA FOLLE.
Günther est un rhinocéros.

BOULI MIRO.
Et là, est-ce qu'on se parle vraiment ?

BERTHE LA FOLLE.
Tu t'es réveillé, mais ta mère continue de rêver.

BOULI MIRO.
Je ne comprends rien à la vie.

BERTHE LA FOLLE.
Laisse-la commencer.

BOULI MIRO.
C'est des rêves dans des rêves dans des rêves. Comment savoir ce qui est vrai ?

BERTHE LA FOLLE.
Demande à ton petit doigt.

BOULI MIRO.
Des fois, il se tait, rien que pour m'embêter. Je lui pose une question et il se tait.

BERTHE LA FOLLE.
Insiste.

BOULI MIRO.
J'insiste.

BERTHE LA FOLLE.
Insiste encore.

Silence.

Donne-moi la main. Tu vas en avoir besoin.

BOULI MIRO.
Pourquoi ?

BERTHE LA FOLLE.
Ta mère va accoucher.

BOULI MIRO.
C'est l'heure ?

BERTHE LA FOLLE.
C'est l'heure.

BOULI MIRO.
Je ne suis pas prêt.

BERTHE LA FOLLE.
Personne ne l'est. Personne n'est prêt à ça.

BOULI MIRO.
J'ai peur, je veux rester là.

BERTHE LA FOLLE.
Tu es fort comme un Turc ! C'est drôle, j'étais vraiment persuadée que tu serais une fille.

PILOU ROTONDO.
Angeline, tu as perdu les eaux ! Elle a perdu les eaux ! Elle a perdu les eaux. Berthe ! Berthe, au secours ! Günther ! Angeline a perdu les eaux !

BERTHE LA FOLLE.

Je vais chercher ma voiture, je vous accompagne à la maternité, Pilou.

GÜNTHER.

Ne vous inquiétez pas, on a la situation en main. Je suis père de trois petits rhinocéros. Autant dire que je suis rôdé.

ANGELINE BINOCLA.

Wayayayayayayasoooooorsdeeelàààààà !

BOULI MIRO.

C'est l'heure. Je vais bientôt quitter ma mère. Est-ce que je saurai trouver un autre refuge ? Est-ce que j'oublierai mes rêves secrets à l'intérieur d'elle ? Je risque de les oublier, parce que ça doit faire un choc de – Mettre le nez *dehors*. Ça doit – ça doit être le genre de truc à te faire oublier tous tes rêves au fond de ta mère. Faut que je reste lucide, sinon mes rêves, j'ai plus qu'à m'asseoir dessus. Je prends mes rêves avec moi. Je ne les laisse pas là, au milieu du foie, la rate, la vésicule, tout ça. Bon ben. En route.

PILOU ROTONDO.

Ça va aller, Angeline. Berthe, plus vite ! Plus vite !

BERTHE LA FOLLE.

Günther vient d'avoir son permis, il fait ce qu'il peut.

GÜNTHER.

Ça bouchonne, on n'est pas seuls au monde.

BERTHE LA FOLLE.

Bientôt, un de plus.

ANGELINE BINOCLA.

Je vais devenir Mama.

PILOU ROTONDO.

Je vais devenir Daddi. Il faut que j'immortalise cet instant, Angeline. L'instant le plus heureux de ma vie.

Pilou Rotondo sort son appareil photo.

Vous pouvez ralentir Günther ? Il faut que je fasse une photo.

BERTHE LA FOLLE.

Donnez. Ça vous fera un souvenir. J'appuie là ? Ouistiti !

Flash.

BOULI MIRO.

Quand on prend des photographies, il faut une chambre noire, pour qu'elles se développent, sinon ça reste une pellicule. On entre dans la chambre noire avec la pellicule à la main, on tire sur la pellicule, on la mouille, après on fait sécher et ça donne des photos. Quand on fait les enfants, il faut une chambre aussi, rose ou bleue, pour qu'ils se développent, sinon ça reste des œufs. On entre dans la chambre avec l'œuf dans le ventre, on tire sur le cordon, on le lave, après on fait sécher et ça donne des gosses.

Tout ça, parce qu'on a une chambre où opérer. Tu ne peux pas développer de photos en plein jour. Tu ne peux pas développer des gosses n'importe où. C'est important d'avoir une chambre. Moi, j'aurai une chambre. Personne ne pourra y entrer. Personne n'aura le droit, sauf Mama, à condition qu'elle fasse mon lit. Mama, il faudra faire mon lit. C'est ton métier, Mama. Tout le monde doit faire son métier, même les chômeurs.

Dans la chambre de mes parents, il y a une photo de mariage, c'est ça le signe pour dire que c'est chez les parents. S'il n'y a pas de photo de mariage, ça sent le sapin. Quand ça sent le sapin dans un sens imagé, ça veut dire que ça ne sent pas bon. Quand ça sent le sapin parce qu'on a acheté du désodorisant, c'est que ça sent tout simplement le sapin.

Tu ne peux pas vivre sans refuge. C'est comme si tu enlevais sa carapace à une tortue. Ça ne serait plus une tortue, ça deviendrait un autre animal.
Moi, je vais devenir un homme.
J'ai peur.

Quand je serai grand, j'aurai une photo de mariage dans ma chambre, avec Petula dessus, Petula et moi, et le sapin ce sera du sapin de désodorisant.

Ma vie sentira bon.
J'espère.

Bonjour chez moi
(chanson)

Bonjour chez vous bonjour chez moi
Comment allez-vous ce matin les humains ?
Ça va mal ça va bien
Fait un temps de chien qui respire mal
Dit l'infirmière
À sa péridurale
Un temps de saison
Dirait Tonton
Dix-huit degrés à Besançon
Un temps à coucher dehors
Du vent sur Cancale et Belfort
Moi j'étais si bien dedans
Et maintenant
Et maintenant
Il est temps d'être fort
Comme un Turc
Adieu Mama
Nos vies bifurquent
Bonjour chez vous bonjour chez moi
Comment allez-vous ?
Tenez-vous le coup ?
Ravalez-vous vos chagrins
Dans vos mains les humains ?
Ça va bien ça va mal
Et le temps qui passe
Ça fait du mal ou bien ?
J'en ai des trucs à découvrir
Les carnavals et puis Noël
Les têtards dans la mare
L'odeur des poubelles

Et ranger mes placards
Les crêpes qui sautent des poêles à frire
Dire la vérité
Mentir
Demander pardon
Tomber malade et puis guérir
Tous ces trucs super supers ou super bidons
Bonjour chez vous bonjour chez moi
Je vois le jour
Le jour chez vous le jour chez moi
Comment allez-vous ce matin les humains ?
Est-ce que vous me serrez la main ?
Bonjour chez vous bonjour chez moi
Comment allez-vous ?
Comment allez-vous ?

Envoyez les faire-part.

Création de la pièce au Théâtre de la Ville (Paris), le 30 septembre 2010, dans une mise en scène de Emmanuel Demarcy-Mota, assisté de Christophe Lemaire.

Avec :
Charles-Roger Bour : Jean-Michel Clark
Céline Carrère : Marie-Jeanne Clark
Jauris Casanova : Günther
Ana Das Chagas : Petula Clark
Sandra Faure : Mama Binocla
Sarah Karbasnikoff : Berthe la Folle
Gérald Maillet : Daddi Rotondo
Pierre Niney : Bouli Miro

Scénographie et lumières : Yves Collet
Collaboration lumières : Nicolas Bats
Assistant scénographie : Frank Lagaroge
Musique : Jefferson Lembeye
Costumes : Corinne Baudelot
Maquillage : Catherine Nicolas
Accessoires : Clémentine Aguettant

Dans la collection

THÉÂTRE JEUNESSE

Nilo Cruz
Train de nuit pour Bolina

Daniel Danis
Bled
Sous un ciel de chamaille

Ad De Bont
Mirad, un garçon de Bosnie

Jon Fosse
Le Manuscrit des chiens III
Kant / Noir et humide / Si lentement / Petite Sœur

Lee Hall
Les Aventures de Pinocchio

Dennis Kelly
Mon prof est un troll

Suzanne van Lohuizen
Les Trois Petits Vieux qui ne voulaient pas mourir

Henning Mankell
L'assassin sans scrupules Hasse Karlsson dévoile la terrible vérité : comment la femme est morte de froid sur le pont de chemin de fer

Fabrice Melquiot
Albatros
Alice et autres merveilles
Catalina in fine
Le Gardeur de silences
Blanches
Perlino Comment
Bouli Miro
Bouli redéboule
Wanted Petula

Christophe Pellet
Qui a peur du loup ?

ACHEVÉ D'IMPRIMER EN AOÛT 2010
DANS LES ATELIERS DE NORMANDIE ROTO IMPRESSION S.A.S.
À LONRAI (ORNE).
N° D'IMPRIMEUR : 102811
DÉPÔT LÉGAL : AOÛT 2010

IMPRIMÉ EN FRANCE